KB241419

양철
가슴

국립중앙도서관 출판시도서목록(CIP)

양철 가슴 : 강문정 시집 / 강문정 지음. — 파주 :
문학동네, 2005
  p. ;   cm. — (문학동네시집)
ISBN 89-8281-960-6 02810 : ₩7500

811.6-KDC4
895.715-DDC21   CIP2005000604

양철 가슴

강
문
정

시
집

문학동네

밤의 기운 채 가시지 않은 시간, 파리의 새벽 하늘가를 비행기가 날고 있다. 가슴 울컥이며 남몰래 쏟아내는 서러운 울음 닮은 여운을 남기며 사라진 비행기 소리는 오래 전 서울의 밤, 꿈에 잠겨 있는 내 귓가에 머물던 기차의 울림과 맞닿아 있다. 비행기 여운은 타그닥 타그닥 마른 길 두드리듯 레일을 훑고 가다 이따금씩 희읍스레 퍼지는 기적 소리 흩뿌리며 달리던 기차의 기억과 겹쳐지는 것이다.

하늘과 땅으로 이어지는 소리는 레오나르도 다빈치의 라 조콘다, 배경 그림과 같은 심연의 길로 나를 이끈다. 또한 그 울림은 19세기 말과 20세기 초반을 넘나들며 현실세계를 몽상의 세계로 표현해낸 사진작가 외젠 아제가 담은 흑백사진에 오롯이 드러나는 골목길 풍경처럼, 동틀 무렵 스페인의 시에라네바다에서 마주했던 주황빛 감도는 열리지 않은 길처럼, 갖가지 모양으로 펼쳐져 있는 곳으로 나를 이끈다.

그럴 때면 나는 시공을 초월한 채 우주를 돌고 도는 물방울 되어 새벽마다 어둠 헤치고, 사차원으로 스며드는 타래 같은 길들을 만난다. 그 길마다 켜켜로 놓여 있는 기억의 묶음들 살며시 아우르며 나는 길의 일부로 남겨져 기억될 새날이 오기를 기다린다.

2005년 봄 파리에서

강문정

차례

自序

4부

1부

프롤로그

태양이 깨져버린 아침
지상엔 유리 파편 가득
아지랑이처럼 일렁였다
녹빛 철기둥 사이로
횟빛 바람 오롯이 흘러
얽은 세상 그렁그렁 흔들리고
태양의 조각들은 지붕과 나무와
탑 위에 걸려 흐물대는 세상 속을
천천히 음험하게 핥고 있었다

양철 가슴

양철 가슴을 단 사람의 가슴에선
날마다 달빛 꿀이 흐른다
혀끝이 녹아드는 단맛의 내음 지닌
꿈처럼 감미롭고 진한 향기 품은

단내에 취해 모두 그에게 미소짓지만
달콤하고 은밀한 달빛 꿀을 맛보기도 전에
그 곁을 스치기만 해도
그 곁에 다가서기만 해도

양철북이 울린다
티티새가 지저귀는 새벽처럼
아르고스*의 눈을 단 세상이 눈을 뜬다
히드라의 촉수를 드리운 세상이 깨어난다

모두가 사라진 하얀 적막 속
달빛 꿀 흐르는 양철 가슴엔

멜포메네**의 슬픈 노래 스며들어
창백한 심장만 두드린다

* 그리스 신화에 나오는, 무수한 눈을 달고 남을 감시하는 괴물.
** 비극의 여신.

선인장

날마다 가시가 박힌다
크고 작은 가시가 몸 속 깊이
뿌리내린다
날마다 가시 박힌 상처에
흰 꽃 피고
해진 육신에 머물던
작은 혼이 일어난다
오로라 퍼지는 새벽
바다같이 깊디깊은
무중력 공간을 떠도는 빈 혼

싸락눈 흩날리는 밤

싸락눈 흩날리는 밤
세상은 밤바다에 침몰하는 타이타닉처럼 한껏 웅성거리다
도도한 시간의 물결에 휩쓸려 이내 질식해버린다

몇 겹의 천을 뚫는 음산한 추위는
가슴속까지 헤집어놓아 갈 길은 더욱 휑하고
광대한 우주, 이 넓은 지구 한 귀퉁이에서
어둠을 집어삼키며 걷는 이는 까맣게 그늘져가는구나

싸락눈 흩날리다 멎은 거리가
우리네 뱃속처럼 질퍽해지듯 순수를 외치던 그날들
사위고 난 자리에 얽은 흉터만 도드라져 서러운 밤

덫

늪을 아시죠
아무리 눈뜨려 해도 붙어버린 눈꺼풀은 열리지 않았어요
숲인지 길인지 도무지 알 수가 없었어요
한참 동안 걸었어요
순간 다리 하나가 매끄러우면서도
끝닿지 않는 곳에 빠졌다는 걸 알았어요
그래요, 한때는 열띠게 사랑했던
누군가가 감미롭게 빨아들이던
무한지대 같은 느낌으로 현기증이 일었지요
처음엔 기분이 나쁘지 않았어요
시간이 흐를수록 피로롭게 음습하고
깨진 사랑의 혀끝 움직임처럼 다가오는
축축함에 소름이 돋기 시작했어요
중심을 잃었어요
헤어날 수 없었어요
두 눈에선 진물 같은 눈물 흐르고
새 깃털 같은 바람은

늪 속 굳어가는 몸의 오감을 흔들어깨우듯
쉴새없이 살랑거렸지만
늪을 아시잖아요
버둥대면 버둥댈수록
그 부드러운 혀와 촉수로
다리를 배를 가슴을 이내 머리까지
감싸안듯 조용히 마비시키는걸요
부어오른 눈에선 눈물 흘러내리고
벌린 입 속 탄성 아랑곳없이 말이죠
꿈이길 바라지만
점점 빠져드는 늪 속엔
조금 전까지 내 뒤에서 연민의 손 흔들던
검초록 세상이 해죽해죽 웃으며
그 기괴한 모습을 드러내는 거예요

붓꽃에서 무지개를 떠내는 날

—겨울 뜨락에서 붓꽃 사진을 보며

붓꽃을 들여다본다
청자빛 얼굴 가득 오월의 훈향을 담고 웃는

방금 바늘을 뽑은
남보랏빛 비단천에
하얀 수실과 구릿빛 실타래가
호사스런 수를 놓아
연록빛 대롱에서 나풀거리는
붓꽃을 들여다본다

세상 살기 부대끼는 날엔 처연한 습성으로
설익은 주문을 외우며 붓꽃을 본다

붓꽃은 무지개의 여신과 통한단다
그 여신은 무지개를 맘대로 걸 수 있단다
무지개를 향해 맘속 속내 털어놓고 소원 빌면 이뤄진단다
하여

낯빛이 새파래지도록
붓꽃을 들여다보는 하루
겨울비 전설처럼 내린 나무 한켠

흙빛 가지에
빗방울 걸려 무지개로 솟는다

수면 속 불면

창 밖에서 잠의 요정 잠시 서성이는 동안
스멀스멀 방 안으로 스며들어와 내 몸을 핥는 가위

처음엔 머뭇머뭇거리다가 이내
늘 함께했던 연인처럼 날 탐닉한다

부드러운 눈발처럼 살포시 내려앉아
끈적거리는 혀로 혈관이며 신경까지 그렇게

냉동 물고기마냥 미끄럽고 차가운 감촉
메마른 들판을 훑어내는 거친 바람의 몸짓

깊은 계곡 골짜기를 맴돌다 검푸른 하늘가로
흩어지는 겨울 짐승 핏빛 울음만 웅웅거리는 밤

이제는 진흙탕 세상 밖 흔들리는 유리인형
손 뻗쳐 그 안으로 들어가려 해도 열리지 않는 문

산 사람에게 들리지 않는 울부짖음 입 속에서 겉돌고
강한 전류에 감전되듯 몇 번이고 진저리쳐지는 몸

어느새 날 차지한 가위 대왕 차디찬 손을 잡고
아무도 닿을 수 없는 시원(始原)의 공간을 떠도는 긴 밤

해바라기와 청동잠자리

나씨옹 광장의 높다란 원기둥 위에
세상을 위압하듯 서 있던 청동 조상 두 개가
여린 머리에 꽂혀 뿔이 되는 오후
사람과 자동차와 먼지와 소음은
밀가루 반죽통처럼 뒤엉켜 돌아간다

왼종일 삼켜댔던 사람의 말을 게위낸 후
거뭇거뭇 어둔 빛 내리기 시작한
한적한 픽퓌스 길로 접어드니
석화 속빛깔 닮은 가로등 하나 둘 일어나는데

우체국 옆 자투리 화단에
해바라기 세 송이 바르르 떠는 모습 눈에 담긴다
한로도 훌쩍 떠난 지 오래인데
한 송인 아직도 먼 하늘을 꿈꾸고
두 송인 고개를 떨군 채 가야 할 때 떠나지 못한
까만 아픔을 머금고 맥없이 흐늘거린다

태양은 찬바람만 흘리고 제 갈 길 가버렸는데
미련이 남은 건지 미련한 탓인지
길을 잃고 헤매이는 해바라기
얼마나 가슴앓이를 했기에 바싹 여윈 쭉정이로 변했을까만
어리숙한 그 모양에 화가 치밀어 애써 발길을 옮긴다

사락사락 어둠 밟으며 집 앞까지 왔지만
제 몸 하나 가누지 못하는 그 모습이
물살처럼 가슴에 일렁거려 픽퓌스 길로 다시 돌아와
자투리 화단에 가만히 서는 밤

한참을 굳은 채 보는 사이
머리 위에서 꿈틀거리던 옥빛 뿔은
내 온 정기를 송두리째 뽑는가 싶더니
팔랑팔랑 날갯짓 하는 청동잠자리 되어
밤같이 깊은 해바라기 속으로 날아들어간다

딜레마

—이공공일 그 나른한 여름

눅진한 더위로 이미
열병환자가 된 이들은 열뜬 몸을 더욱 담금질하기 위해
알콜기 흐르는 색색의 음료를 몸 안에 쉬지 않고 부어
넣는다
젊은 푸르름들의 입맞춤으로 타오르는 공기방울 곤두
선 오후

열린 문 틈새로
풀린 감각 자극하는 물오른 수국, 여린 꽃잎처럼 입을
벌리고
멈춘 지 오랜 교감의 극점, 그 섬세한 촉수들 망울 터뜨
리게 하는
농익은 과육의 즙 흐르는 나른한 골수 핥곤 미소짓는
바람인가

깨진 태양의 파편
플라타너스 나무 즐비한 광장 비추다 후미진 골목 더듬

을 즈음

　골목 골목 잠자던 꿈의 요정, 사람들 홀리는 석류빛 신
음 소리에

　물빛 너울 걷어내고 기지개 켜며 거리로 나오는 파리의
팔월은

　불도저에 밀려 더운 바닥에 뒹구는 내 몸 위로 천천히
굴러간다

우주새

우주를 돌다 새벽마다
창 밖에서 지저귀는 새
아직
호두알 속 어둠에 잠긴
내 잠든 귀를 두드리는

이승과 저승을 잇는 새
호두알처럼 단단한 정적
쪼아
내 닫힌 마음 열게 하는
은방울꽃 닮았을 그 새는

우주, 깊은 산 속 숨었는가
눈뜬 시간엔 들리지 않는
소리
맑은 새 투명한 빛으로
내 방 가득 향을 사르는

새를 볼 양으로 온 밤내
창을 메운 어둠 휘젓다
살쿰
눈붙인 사이 여명도 채
피지 않은 창가로 다가온

새는 호두알 속 어둔 방 안
단단한 껍질 쪼듯 정적을
깬다
우주의 청아한 울림 퍼져
깊은 산 풀향으로 살아나는

내 꿈에 날아든 우주새

르 몽드*

하늘 시린 기운 뿌려 푸르스름한 저녁녘
에크리트와르** 카페에 세계를 들고 온 사내
담배연기와 소음으로 술렁이는 카페 안에
허기 메고 온 그에게 눈길 주는 이는 없지
에크리트와르에 한 뭉치 가득 르 몽드를
안고 온 검붉은빛 얼굴의 사내 탁자 새를
이리저리 물고기처럼 미끄러져 다니지만
아무도 보는 이 없는 신문 사는 이 없는

! 르 몽드는
세계의 빛깔
사람의 오후
사람의 마음
사람의 허기
사람의 눈물

르 몽드를 파는 검붉은 사내에게

르 몽드는 통과할 수 없는 유리벽

시시포스의 후예

날마다 눈 비비고
거리로 나가는 그는

공기 빠진 풍선마냥
픽픽거리며 뒹굴거린다

그저 놓여진 세상을
스펙트럼처럼
만져지지 않는 세상을

시간도 존재도 잊은 채
바라보다가

후들거리는 껍데기만을
끌어안고 찾은 빈 집
냉기뿐인 방 안에서

내일을 꿈꾸며
다시 부풀어오른다

순환도로

채 여명 가시기 전
세상은 옅은 꿈속에 머물고
하늘엔 진주빛 닮은 가로등
우주선처럼 편대로 날고 있다

허공에 솟은 고가에 올라
서쪽 바다 향하는 구름에
우리는 흐린 눈빛을 던진다
소박한 하루를 채우기 위해

체 게바라, 그 빙산 같은 전설은
곱게 접어 먼 하늘에 걸어두고
돌지 않는 자동차 바퀴에 희망을 맨다
갈 길은 멀기만 한데

2부

가을

파아란 하늘에 샛노란 잎새 하나 콕 박히는가 싶더니
빠알간 핏방울 송송 맺히고 또르륵 눈물 흘러내린다

엔디미온*의 잠 속으로

하늘 키 자라 더 푸르러지고
바람 켜켜로 시린 기운 가득
노을빛 닮은 가을 실그물 펼쳐
세상은 바다 비로 옅게 젖는데

시름 푼 녹녹한 가을 저녁
내 잠은 그리움만큼 길어지고
내 잠은 달빛만큼 깊어지리니
그대 해진 신 벗고 쉴 수 있길

내 꿈속 그대 쉴 작은 집 짓노니
그리운 사람 살며시 그 문 열고
내 잠 속으로 어서 와 누우시기를
영원의 꿈에 잠긴 엔디미온처럼

겨울 봄 여름 그리고 가을 내내
여린 꿈 꾸는 내 곁에 머무시기를

그리움도 반딧불 그늘에 잠들기를
그 잠 속에 녹아 녹아 깨지 말기를

* 달의 여신 셀레네의 사랑을 받은 청년으로, 제우스에게 '영원의 잠'에
빠지고 싶다고 청하여 깨지 않는 잠에 듦.

가을 2

가슴속 깊이 묻어둔 그리운 이름들 파내어
하늘 저편 번져가는 노을에 풀어헤치면서
가을새가 '꺼이꺼이' 울며 날아간 빈 하루

가을 3

어둠 흩뿌리는 저녁 청록빛 잔디 위 농익은 모괏빛 조
명등 향기롭게 퍼지고

감람색 공단 위에 내려앉은 갖가지 단풍잎이 수를 놓아
공작새로 살아난다

밤마다 탐스러운 깃털 한껏 펼쳐 보이곤 빛과 함께 날
아오르는 공작새로!

가을 4

도심 한가운데 느닷없이 웬 탈곡기 소린가 살펴보니
흩어진 낙엽을 빨아들이는 청소기의 도발적인 포효
주름진 커다란 입을 쉬지 않고 우물거리던 검은 관은
내 눈과 귀를 훔쳐가더니 가을까지 덥석 집어삼킨다

가을 햇살에 빛나는 것은

나뭇잎 폭포되어 떨어지던 밤 지나
정적 감도는 오후 햇살 작은 창으로
흘러들어 갈빛 꿈속 하얗게 비춘다

일 구 칠 팔 그해 가을과 겨울 사이
세상을 찾아나선 한줄기 여린 마음
고단한 날 꿈길에 오르는 풋풋한 산

기차 해평 도리사 안개비 버섯 내음
굴뚝 운무 서대 단풍진 산 나무 향기
밭이랑 새 노승 햇밤 바람 풍경 소리

흰 창호지 통해서 그려지는 세상은
그래도 밝으니 탄력의 꿈이 있으니
유리창 밖 흔들리는 빈 세상보다는

어머니

며칠째 물기를 잔뜩 머금고
잿물을 풀어놓은 듯 탄력을 잃은 이국의 하늘
그 두통같이 무거운 천을 걷어젖힌 후

오랜만에
얻은 푸른 하늘 몇 조각
그 옆으로 온갖 형상을 하고
늘어선 탐스러운 구름 군(群)

그 꿈을 가르고
긴 꼬리를 남긴 채
달아나는 고국 같은
비행기 하나

애써 다독거려둔 가슴에
굉음을 남긴 후 바라본 하늘엔
오염되지 않은 탯줄 같은

그리움 번져오르고

물살 센 강가를 메운 풀잎으로 서는 오후
지난한 시간의 숲을 훑는 바람 한줄기가
던지고 간 그리운 이름 한 다발
어머니 어머니 어머니

늦가을

바닷물을 들이킨 하늘은 시리다

햇살은 까칠한 거리를
더욱 바삭거리게 하고

팽팽한 바람은 잡히는가 싶더니
옷 속 가득 가슴 가득 한 움큼씩
한기만 불어넣고 달아나버린다

때 이른 성탄등만이 오롯이
허공에 매달려 불안한 앞길 사르는

텅 빈 광장 한 모퉁이에 정(淨)한 서리 내린다

겨울문

거대한 파스텔화 같던
파리의 고혹적인 가을이
이른 겨울비에 쫓겨
에펠탑보다 훨씬 더
높은 곳으로 숨어버린 후

도시를 휘어감는
차가운 바람과 잿빛 하늘
지난 계절 푸르렀던 젊음이
탄력을 잃고 표정을 바꾼 채
눈물 흘리는 겨울문 앞

간간이 세느 강 가로 날아든
길 잃은 바다갈매기 처절한 울음
흩어지는 낙엽과 함께
길바닥에 부딪혀
근심으로 쌓여가는

무인년 파리 비 오는 오후
겨울문 삐그덕 열리던 날

새들이 떠나도 둥지는 알을 품는 꿈을 꾼다

추적이는 빗소리에 가끔씩 창문을 바라보았지
창 밖 하늘은 필름이 끊긴 연회색 스크린마냥 지직거리고
흰 천이 펄럭이는가 싶더니 새 한 마리 날아오른다
고요하던 가슴에 번지는 파문
창으로 다가서서 뜨락을 본다

감미로운 청록빛 그늘 드리우던 베란다 앞 키 높은 나
무 한 그루
이제는 성근 잎 사이로 드러난 가지에 스며 있는
지난 시간의 음영만이 흔들거린다
한낮의 열기가 권태로 피어오르던 이른 여름 저녁나절
새들의 울음이 예사롭지 않아 바라본 바깥 풍경은 한가
롭기만 했다

그러나 비둘기 서성이던 그날 이후 청아하게 지저귀던
새들 사라지고
한 쌍의 비둘기는 비상사태가 없는 한 하루 세 차례 울

어댔다

온몸을 칭칭 감는 더위마냥 의식을 마비시키는 현란한 변주곡

오전 내내 굵은 빗방울 나무를 적시자 비둘기 한 마리 '꾸욱꾸욱'

울음 퍼뜨리며 몇 번이나 푸드덕거리다 은밀한 나무 속으로 숨었다

비 갠 뒤 햇살이 돌집을 타고 넘실거리다

잔디밭으로 길게 꼬리를 늘어뜨린 오후

바람도 오수를 즐기는지 일체의 움직임도 없는 그때

나뭇잎이 흔들리며 거무스름한 것이 아른거렸다

그랬었구나 비둘기가 나무에 엮은 신비는 둥지였구나

비둘기 한 쌍은 그들의 숭고한 의식을 거르지 않았다

어미새가 '꾸룩꾸룩' 소리 높여 나무 주위를 선회한 뒤

둥지로 들어가면

아비새는 나무가 가장 잘 보이는 육층 돌집 지붕에 앉아 망을 보곤 했다

이따금 낯선 새가 나무 근처를 날기만 해도 소란스레 수선을 피워댔다

새들의 둥지 덕분에 그 나른한 여름날들은 훌쩍 날아갔다

처서를 며칠 앞둔 오후

나뭇잎 새로 여린 빛 띤 깃털이 파르르 떠는 모습은

생명에 대한 경외감과 새로운 이웃을 만난 벅찬 기쁨으로 번져왔다

아기새 두 마리는 둥지 옆 가지에 앉아

잎을 나무를 하늘을 바람을 느끼곤 했다

장대 같은 소낙비가 동네를 휩쓸듯이 내리던 때도

아기새들은 가지에 앉은 채 자연의 힘에 놀라며 적응해 갔지만

바라보는 가슴속은 뻐근한 아픔으로 가득 차올랐다

    그들도 세상 속에 들어가 살기 위해 분투하고 사랑할
것이기에
    때론 좌절하고 날개를 접는 그 순간까지 날아야 할 것
이기에

    다시 비 그치고
    주위는 텅 빈 여름의 한가로움으로 한껏 젖어 있던 해거름
    나무가 넉넉한 그늘을 드리우는 잔디 한켠엔 수업이 한
창이었다
    어미는 뒤뚱뒤뚱 아장아장 걷는 아기새들 곁에서 연신
종종거리며 속삭이고
    아비는 나즈막한 돌담 위에 앉아 가만히 그 모습을 지
켜보고 있었다

    그것이 마지막이었다
    비둘기들은 한번 떠난 둥지를 다시는 찾지 않았다
    수많은 거리와 광장을 지날 때면 한참 동안 비둘기 떼

바라보며

여름 한철 함께 지낸 작은 뜨락 큰 나무에 머물던 그들을 그리워했다

한 번쯤 스쳐 지났을 수도 어느 길가에서 만났을 수도 있었을 테지

비둘기 떼 모여 놀던 도므닐 광장의 산란한 분수처럼
가을비 바람에 흩어져 우주 한 귀퉁이로 녹아드는 동안
한때는 매끄럽게 윤기 감돌던 새들의 요람은
담황빛으로 물든 나무 속에서 거뭇한 그림자로 남아
부화될 순간을 기다리며 새알처럼 긴 잠에 빠져든다

인(因)

한여름 하늘 그 지친 하늘
늘어질 대로 늘어진 온몸 근육과 핏줄
아직도 미열이 이 공간을 휘어잡고 있어

낡은 천장
매달린 전등 깜박이듯
이제 나도 저 전등마냥 흔들리고 있어

폭풍 전야
길목 모퉁이 낙서처럼
그 길에 팽개쳐진 마음 한 움큼

연(緣)

겨울바람
술에 취한 듯
몸을 가누지 못하고
광기로 이글거리던 긴 밤

쌓인 먼지 틈새로 간신히
내 안에서 숨을 쉬던
낡은 붓대 하나
비틀거린다

평화주의자의 논리

온 밤 내내 뒤척이며
이를 악물고 결심하지
내일은 꼭 만나 담판을 짓겠노라고

하지만 아침이 되면 중얼대지
그래도 참는 게 이기는 거야
말해봤자 뭐 하겠어 원수만 맺는 거지

미모사의 노래

푸른 하늘이 구름을 삼킨 날
나는 그대를 떠나보냈다

구름이 하늘의 일부라면
그대는 나의 일부였다

하늘 한가운데 떠돌다
사라진 그 구름처럼

내 곁에서 늘 소용돌이치던
그대 영원의 늪 속에 묻혔다

웃은 이유

피로에 젖은 탓에 아끼던 우산을 두고 와
정든 우산 찾으러 새벽 다섯시 집을 나섰지

우산은 찾았는데 하늘은 유난히 푸르다
우산을 들고 바싹 마른 오페라 길 걷다가

웃고 말았지 하얀 잠에 잠겨 있는 아침에
우산 들고 헤매다 말간 하늘에 들켜버려서

꿈

들이며 산이며 안개기둥처럼 부옇게 솟아올라
잠에서 깨지 않은 채 서로 엉켜 하나가 된 시간
호수빛 바람 찬 대기로 흐르고 바다 위 떠 있는
섬처럼 알프스 순백의 몽블랑처럼 솟은 봉우리
그 위에서 나는 혼자였다 내가 머물 곳도 함께
할 누구도 없었지만 외로움도 두려움도 없었다

손 뻗치면 하늘과 닿을 것 같던 그 높은 곳에서
내 안 이기와 위선의 주머니들을 벗어던진 후
뛰어내린 그 순간 무중력 상태와 같은 큰 힘이
받쳐주는 느낌으로 산뜻 떠오를 수 있던 비행
들이며 산이며 온 세상에 안개기둥 부옇게 솟아
세상 하나 된 찰나 우주의 편린으로 날아올랐다

모자이크

잘 돌아가다 종이를 물고 멈춰버린 인쇄기처럼
아리아드네의 실을 풀어놓은 미궁 속같이 함몰을
벗어날 수 없을 때 두 눈 감고 하는 모자이크 놀이

어깨부터 녹아내려
온몸 저릿하게 무너지는 깊은 눈빛

은밀한 속살의 여린 감촉
때론 숨막힐 듯 흡입하는 노을빛 입술

따스하고 넉넉한 가끔씩
땀이 배어 촉촉하게 젖어드는 향훈의 손

늘 푸릇한 면도 자욱 그 귓볼에
살며시 얼굴 대면 파인트리 향 풋풋한 수풀 내음

코끝에 스미는 아릿한 담배연기 속

알코올기 번진 채 사슬 풀고 다가선 굽이치는 가슴

그대 내 손 잡아 검정빛 코트주머니에
손 넣으면 화롯가 앉은 듯 넉넉해지는 온기

아리도록 사무칠 때 낱낱이 흩어져 빛바랜 공간을
유영하는 빈사의 기억들 쓸어모아 짜맞추는 놀이

돌이킬 수 없는 행로가 회한이 되어 쓰라릴 때
시간에 여문 씨앗들 쏟아놓고 반복하는 모자이크 놀이

그러면 내 안에 들어와 지친 맘 풀고 우는 서러운 이름
그대, 눈뜨면 산산이 분해되는
이 세상 어디에서도 만져볼 수 없는 무슈 모자이크

나비 춤

진주빛 안개 자욱이 펼쳐진 솜숲으로
이어지는 꿈길 따라 살며시 걸었네

한 겹 한 겹 연둣빛 베일 걷힐 때마다
연보랏빛 섬광 차례로 빛나고
먼 기억의 언덕에 쌓여 빛바랜 묶음들
제라늄 꽃잎처럼 흩날리다 사라지네

눈을 뜨니 낯선 공간 낯선 시간
아무도 볼 수 없던 유성의 여운
마그마로 일렁이던 심장은 식어
먼지바람 가득한 세상 속 떠도네

플라타너스 잎 뒤로 숨은 사랑이여
풀빛 운석에 어리는 낡은 영상이여

3부

우리가 사는 동안

견고하게 짜여진 거미집에 날아든 나방 한 마리
버둥거리다 늪 같은 점액의 밧줄에 감기우고
이내 그 형체는 허연 누에고치로 변해간다

그 안에서

아직도 탈출을 시도할 텐데
아직도 살던 곳을 떠올릴 텐데
아직은 더 날고 싶을 텐데

햇빛 한 자락 내려앉은 세상은 무심한 미소뿐이다

병든 정원

급한 김에 옮길 집이 있는 것만으로
두 손 모았지만 한숨 돌린 뒤 바라본 앞뜰은
가슴에 뻗쳐오르는 절망으로 다가왔다
누가 심었는지 어디서 날아와 자라났는지 모를
독초들이 흐늘흐늘 몸을 흔들고
돌보지 않아도 저희들끼리 수군거리며
잘도 자라 이파리 무성한 잡목들은
휘고 비틀어진 채 자리를 메우고 있다

그 사이 사이 누루죽죽 변해버린
곧은 나무들과 화초들은 주검처럼 메말라
진드기와 온갖 벌레 들이 그 위를
슬금슬금 핥듯이 기어다닌다
햇빛조차 피해가는 스산한 뜨락은
닿기만 해도 퍼런 균이 묻어날 듯이
가득 퍼져 있는 곰팡내만큼
방종과 무질서로 뒤엉켜 있다

이대로 두어서는 안 된다고
정원을 살려야 한다는 마음이 앞서
살충제와 삽을 든 손은 부르르 떨지만
어쩔 도리가 없어
굳게 문을 닫은 채 이 정원이
병드는 것을 방관했던 그 이웃들처럼
등골이 시리도록 두려운 눈으로
소리없이 요동치는 창 밖을 볼 수밖에는

그 배는 당신을 부르고 있다

당신도 본 적 있는 바다
시간의 흐름도 물결의 흐름도 없는 그 바다에
지금도 희디흰 배 한 척 가늘게 숨쉬고 있어

빛바랜 나뭇결 희뿌연 연기 자욱처럼 얼룩진 배
배 주위로 아이의 울음 갈매기 소리 되어 맴돌아
배 안에 여자는 웅크린 채 다리 속에 머리를 묻고
웃고 있지 울고 있지 흐느끼다 이빛* 눈물 흘리지
물비린내 배 안을 휘감을 때마다 어린아이 울음
배 틈으로 흘러 짙은 바닷속으로 잠길 뿐이지

배 안엔 여자와 아이 하나 작은 새처럼 날고 있어
여자의 배는 시린 바다에 누워 하늘만 우러르고
배 안의 아이는 허기진 채 기억의 숲을 그리는지

여자는 배를 조각내고 싶어 잊혀진 초라한 배를
여자가 붉은 주먹으로 배를 내려치기 시작할 때

배 안에 절망이 스며들어 꿈틀거려 배는 금이 가
삐걱삐걱거려 그만해 배를 부수지 마 숨이 차
배는 부서졌어 어느새 낡은 배 안이 드러나지만
배 안 아이는 바깥으로 나왔는지 잘 보이지 않아

보인다 조각난 배 흩어진 조각마다 사람의 뼈가
보인다 깨진 조가비 곁 흐물대는 푸른 지느러미
창백한 바다로 사라진 후 다시 흰 배 떠오른다

바다 한가운데 배가 떠 있어
당신도 본 적 있는 그 배가 당신을 부르고 있어
배 밑 소용돌이치는 거품이 연신 손 흔들고 있어

* 단청에서, 채색의 짙은 정도를 이르는 말로, 초빛보다 진하고, 삼빛보
다 연한 빛.

어느 젊은 남자가 간 길

파리 샤틀레 근처 에띠엔느 마르셀 가에서
패션을 공부하고 신문을 만들던 그 남자
위태로운 생을 위해 빈 날을 분주히 채웠지
환하게 웃으며 자신과 사람과 세상을 찾기 위해
그림 그리기에 열중한다던 소년 같던 그 남자
그렇게 말할 때만 해도 희망이 있었을까
점점 여위어가던 그의 내면엔 무엇이 자라고 있었을까

고단한 일상과 풀리지 않는 생의 꺾쇠를
온몸 메고 다니던 그는 가버렸다
세계에서 최고라는 프랑스 병원조차
손댈 수 없었던 그의 병
'그가 동성애자였으니 아마도'
라고 사람들은 말끝을 흐리지만
타국에서의 죽음은 청년의 주검은 비통하다

파리로 올 때 큰 꿈을 안고 왔겠지만

고국으로 돌아갈 땐 한 줌 재로 가는 이여
살기 위해 얼마나 피로했겠는가
홀로 어둔 방에 여윈 육신 뉘어두고
쓸쓸히 떠났을 젊은이여
끝없는 이승의 고리에서 풀린 이여
이제는 푸른 바람처럼 자유롭게 가시라

암호 해독하기

내 앞에 널린 채 입을 꼭 다문 수수께끼들
매 순간 암호를 풀어야만 살 수 있는
등골 오싹한 놀이 막힌 머리로는 매번 '꽝' 인

※ 주의: 머리를 최대한 회전시킬 것

미궁 속 사건을 해결하는 무슈 프와로처럼

숨겨진 성배를 찾기 위해 빛바랜 종이 가득
기호와 상형문자 해독하는 인디아나 존스처럼

지도 한 장 놓고 목적지로 향하는 다카르
자동차 경주에 참가한 불굴의 선수들처럼

이미 준비된 치밀하게 짜여진 연결 암호를
징검다리 건너듯 조심조심 풀어나갈 것

하나라도 잘못 풀면 차례로 어긋날 놀이임

※ 벌칙도 있음

규칙에 반대하거나 암호 해독 능력 없는 자는
인간 세상 암호 놀이에서 스스로 퇴장하기 바람
암호를 잘 해독하는 자에겐 권력과 부가 주어짐

푸른 연기로 날아오를 청심촉 되다

그는 그저 숨만 쉬는 듯 보인다
폐옥에 숨어들은 한 마리 짐승처럼 잔뜩 웅크린 채
전기도 가스도 그 흔한 물조차도 끊겨버린 잿빛 공간 속
버려져 녹슨 물건들과 엉키어 움직이지 않는다

간혹 동상으로 벌겋게 붓고 터진 손으로
한 움큼의 불씨를 살리기 위해 마른 가지를 부러뜨린다
마치 태엽이 풀어지며 움직이는 인형처럼
천천히 힘겹게 온몸 부르르 떨면서

입김 허옇게 피어오르던 어느 겨울날
그는 작은 시골마을 깊은 오솔길에
허공을 떠다니는 먼지처럼 흘러들었다
그의 나이를 그의 이름을 아무도 정확하게 알지 못한다

그는 많은 날을 허기진 채 지내지만
손을 내밀며 구걸하거나 남의 빵에 눈길을 두지는 않는다

아무것도 가진 것 없는 혹독한 외로움 속에서도
결코 동정을 구하는 몸짓을 하지는 않는다

일체의 구호나 동정의 손길을 스스로 거부했기에
이 한적한 시골에 흘러든 것일까
이따금씩 그를 찾아 안부를 묻는 순박한 부부의 미소만이
유일한 온기일 뿐인 이 외딴 마을에

그의 본향은 에스파냐
전쟁을 치르는 동안 모든 것을 잃은 사내
전쟁 때 잃은 가족을 만날지 모른다는 한 가닥 여린 희
망마저 사라진 후
깊고 굵게 파인 주름 가득한 얼굴엔 체념의 그림자 고
랑마다 흥건히 고여 있다

살육의 전쟁터에서 몸부림치던 낯빛 곱던 청년은
냉랭한 세상에 고스란히 꿈과 젊음을 내주고는

지친 팔십의 수심(愁心)으로 돌아와 힘없이 꺼져가고
있다
　궤도를 이탈한 우주의 행성처럼
　대열에서 떨어져나간 낙오병처럼
　끝끝내 제자리 찾지 못하고 이방(異邦)을 떠도는 나그
네여
　인간의 무리 그 울타리 밖에서 맴돌다 사그러질 유배자여

　사회복지를 자랑하는 나라에서
　그는 알량한 불법체류자라는 딱지를 등에 단 이유로
　얼마의 보조금도 한 방울의 식수도 그 어떤 혜택조차
받지 못한 채
　허물어져가는 폐옥 속을 기는 벌레와도 같은 존재로 남
아 있다

　뼈마디를 쑤셔대는 추위와
　가슴을 에는 고독의 벼랑 끝에서

소리 죽이며 울부짖다가 이내 몽롱한 빈사상태로 이어
지겠지
그에게도 그의 마음 한켠에도 신이 함께하는 것일까
표정 없는 초점 없는 그는 아직도
푸른 심지를 지닌 청심촉(靑心燭)처럼 스스로를 불사르며
연초록 이끼가 흐드러진 유년의 냇가에서 유영하는 것
일까

한 뼘의 온기도
한줄기 빛도 사라진 그곳
얼음장 같은 냉기 켜켜로 스며든 음산한 폐옥에서
물기 가신 고목(枯木)처럼 서서히 굳어가는 그는

위기의 순간 그들이 바로 우리다

다섯 살 아이의 주검에서 우리의 가식을 본다

현재가 평화의 시대라고 미소짓지 마라
온갖 허영과 이기를 입 속에 가득 채우고
맛난 음식 앞에서 칼질하는 그들은 우리다

팔레스타인에선 탱크에 아이들이 깔려 죽고
이스라엘선 사람들 폭탄테러에 산산이 찢겨
통곡의 벽이 하늘 향해 핏빛 울음 쏟아낸다

허기진 사람 몸이 잘려나간 채 뒹구는 사람
숨쉬는 병사들 비릿한 붉은 흙 어둠 속에서
생매장당하는 곳 체첸과 아프가니스탄이여

날마다 텔레비전 영상엔 선홍빛 사람의 피가
솟구쳐흘러 눈동자 속에 엉겨붙고 사방으로
떨어져나간 팔다리가 화면 밖으로 절규한다

천상의 견고한 집 짓기 위해 분주한 사람에겐
지상의 따스한 집 안에서 행복에 찬 사람에겐
가슴 아프지만 너무 먼 애기 영화 같은 일인걸

그렇지 그렇겠지

우리의 웃음은 우리의 사랑은 우리의 평화는
그래서 거짓이다 눈속임이다 공포의 아우성을
비탄의 눈물을 외면하는 그들은 바로 우리다

다섯 살 주검 그 얼굴에 얽은 상처는 우리 마음이다

야만의 카오스

다시 전쟁은 시작
핏빛 살점들 날고
유리가루 흩날리는
암흑 깨어진 둥지

그날 폐허 속에서
오키데가 울었다
핏방울 방울마다
여린 풀꽃은 필까

그 사람의 해탈법은

내 뼈 마디마디마다 저린 절망으로 무릎에 금이 가 주
저앉아도

절대로 내 마음 밑둥에 뿌리내린 보드라운 실핏줄 작은
희망만은

손 안에서 놓치고 싶지 않았던 거야 잔혹스런 시린 핍
박 속에서도

칼날만 번득이는 암흑에서도 보듬어안아 그녀를 지키
고 싶었어

방금 실핏줄이 터져버려 단지 몇 방울 핏빛 자욱으로
남을 듯이

보잘것없는 희망일지라도 나는 희망을, 온통 슬픔으로
가득 고여

이내 봇물 터지듯 터질 그녀 신화 같은 여린 희망을 지
키고 싶었어

거짓과 폭력 끊임없이 가해지는 고통 속에서 그녀를 구
하고 싶었어

허나 난 결코 버틸 수 없었어 박힐 때마다 붉은 피 쏟는
유리 파편을
온몸에 꽂은 채로 더는 견딜 수 없었어 내겐 힘도 인내도
더이상의 관대함도 남아 있질 않았어 단지 내 안에서
늘 숨죽인 채
떨고 있는 희망 이제 홀로 남겨질 그의 눈물만이 날 옥
죄는 거였어

그러나 내 속내를 알아버린 걸까 아무리 서러운 이별의
몸짓을 해도
짐짓 남겨질 그 여리디여린 희망은 살그머니 내 밖으로
걸어나와선
나를 향해 한번 웃어주고는 동그마니 앉아 내내 먼 하
늘 바라보다가
겨울 저녁 둥근 해 대지 밖으로 훌렁 내려앉듯 미련없
이 사라지더군

손에 지닌 소중한 걸 잃은 듯 품안 새 한 마리 창공으로
날아간 듯

　　온몸 바르르 떨며 허우적댔지만 한번 떠난 희망은 흔적
도 없는 거야

　　아린 속내 두 눈 짓무르도록 쏟아내고서야 그 뒷모습을
볼 수 있었어

　　입 안 맴도는 통곡 잦아든 후에 허탈함은 차라리 힘이
되는 거였어

새가 새를 잡는 강

사람처럼 날지 못하는 새들이 산다
새보다 못한 사람들과 함께 지내는
날지 못하는 새들과 사는 사람들이
날마다 쪽배를 타고 강가로 나간다

그들은 다른 새들을 유혹하기 위해
새들의 두 눈을 아득히 멀게 한다
또다른 새를 잡기 위해 살아 있는
새들 날개를 우악스레 잡아 꺾는다

아이들은 논다 두 날개가 부러지고
눈이 쪼그라든 눈먼 새를 갖고 논다
산 새의 깃털을 뽑으며 즐겁게 논다
새는 그들에게 돌과 흙, 장난감일 뿐

눈먼 새를 머리에 이고
날개 꺾인 새를 판자에 묶고

왼종일 물 속에 몸을 담근 채
새를 기다리는 사람들처럼

새들이 새들을 기다리는 하루엔
옥빛 하늘도 눈부신 햇살도 없다
은물결 잔잔한 강물 멈춘 지 오래고
잎 무성한 나무도 자라지 않는다

차라리 그대들의 칼로 심장을 찔러주소서
단번에 그대들의 손으로 숨을 끊어주소서
마음도 귀도 먼 사람들에게 닿지 않는
절규는 그들의 탁한 눈빛처럼 흐려질 뿐

사람들 물갈퀴 낀 다리를 물 속에 뻗고
새들이 새들을 유혹하길 기다리는 동안
강가를 맴돌다 수심에 박히는 새들의 외침만이
서럽게 흐느끼는 물풀로 피어 물살에 떠다닌다

흔들리는 유월 한나절

세상 야만은 내 날개에 무쇠 깃털 수없이 꽂고
초빛 무기력은 낡은 침대 나무를 삐걱이게 한다

한낮의 정적이
건너편 아파트 남자의 웃음소리와
아랫집 여자의 기침 소리를 전해줄 때
내 안 카오스는 보랏빛 연기 되어 입 밖으로 밀려나온다

이뤄낼 수 없는 정의와 지킬 수 없는 신의와
채울 수 없는 욕망이 구름다리 아래서 날고
작은 뜰 잔디에는 비둘기 서너 마리 자리다툼하느라
바람에 펄럭이는 깃발의 파열음을 뿌린다

어디에도 평화는 없구나 평화는 어디로 날아간 걸까
혼돈 속 몽상과 나른함은 여전히 빈 요람 흔들고 있다

모래언덕에 사는 사람들

모이기만 하면 혹 둘 셋만 되어도
사람들은 누군가를 잘게 썰어대지
타인들의 관심사에 매달린 그들은
썩어가는 생선들 비늘마냥 쾨쾨한
냄새 풍기며 쉬지 않고 모모 씨를
화제로 올리다 시들해지면 모모2
모모3 모모4로 끝없이 이어가지

마침내 불거진 입과 큰 귀만 남은
기괴한 모양새로 사람들은 여전히
세상을 도마질하지만 모모 모모를
난타하던 소문들은 외려 그들에게
달라붙어 거머리처럼 진액을 빨고
소문의 도마 위에 오른 모모 씨는
제 갈 길로 자유롭게 잘 가는 거지

동반의 법칙

뿜어내듯 사납던 팔월의 한낮 열기가 잦아든 저녁나절
생 루이 섬 건너 세느 강 가에서 사람과 개가 산책한다

허리 굽은 노인의 두 손에 낙지처럼 꿈틀대는 연회색 줄
애견을 통제하던 녹빛 테도 긴 한숨 내쉬며 쉬는 동안
윤기 흐르는 갈색 코코스판이 들판 같은 자유 만끽하며
뛰듯이 걷는다 넉넉한 그늘 드리워진 세느 강 가 돌길을
걷듯이 달리고 더위에 잠자던 바람은 잎새로 날아간다

태초에 누렸을 야성이 순응의 시간으로 돌아오는 순간
주춤 서서 뒤 한번 돌아보며 힘없이 걸어오는 주인에게
가볍게 머릿짓하곤 잠시 기다린다 곁으로 온 주인에게
몸을 부비곤 함께 걷다가 또 신나게 달린다 몇 번이고
반복되는 그 몸짓, 동반의 법칙을 익힌 견공은 서로를
짓밟고 달아나버리는 사람의 무리보다 한 수 위구나

팔월의 저녁 세느 강 가를 환하게 물들이던 사람과 개는

한 장의 흑백사진으로 남고 절미한 노을은 물살 위에서
빛의 향연 즐기다 살며시 녹아들어 대서양으로 흐른다

대기실

무겁다 시리다
서걱서걱 바람 알갱이가
입 속에 씹힌다

아리다 힘겹다
죽음 앞에서 서성이는 시간
참 길다

4부

불로뉴 숲 호숫가

　서늘한 그늘 아래 호수 실바람이 미는 그네를 타 잔물결 이는 오후

　청록빛 숲속 헤매다 스러진 햇살 사이로 거울 찾는 나르시스의 한숨

해람

섬이 꿈꾸고 있다

책꽂이에 꽂힌 채
삭아가는 장 그르니에의 섬

물방울 그물코처럼 얽힌 안개 속
꿈길 뒤척이는 섬

그래 잊혀진 섬
드넓은 바다 어디엔가 떠 있을
이상의 섬을 찾아 대지를 떠나야지

바람 한 자락 흐를 때마다
나무와 풀 모래와 하늘에 밴
짠내와 비릿한 바다 내음 물씬 풍기는

그 섬을 그리며 대지를 떠나야 해

움찔도 할 수 없는 붙박이장처럼
일상에 얽매여 굳어가는
구속의 고리를 벗어버리고

십수 년 묵묵히 정박해 있던
낡디낡은 배 한 척 살며시 꺼내
이 밤 닻줄을 푼다

해람이다

닻을 올린다
그대를 찾아 향훈의 섬을 찾아

아직 꿈꾸는 섬을 앞세우고
시작하는 흔들리는 항해

함몰

오후 햇살 드리워진 팔레 르와얄 공원엔
아이들 이따금씩 공 굴리듯 미끄러지고
그들의 아우성은 긴 한숨으로 하늘 높이 날아간다

하루를 온전히 비운 날
코메디 프랑세즈 극장과 통하는 찻집엔
사람들 찻잔을 딸각거리며 앉아 있지만
내 머리엔 내 주위엔 적막이
환풍기 웅웅대는 아 그런 소음만

내 정면엔 복원중인 17세기 회색지붕
초라한 그 돌들이 와르르 무너져내린다
아니지 떨어지는 것은 돌만이 아니지

흙먼지를 일으키는 파리시 소속 청소원
그 손길이 빨라질수록 나는 점점 빠진다
헤어날 수 없는 붉은 연기 자욱한 곳으로

쓰러뜨려라 쓰러뜨려라 흔들어라 흔들어라
빛바랜 녹색 그물망에 튕겨져나오는 자유들아
갈 곳 없는 내 발길을 묶어라
흔들어라 흔들어라 밀어넣어라
헤어나올 수 없는 그 소용돌이로

다시는 헤어나올 수 없는
그 깊은 블랙홀로 나를 밀어넣어라
그리고는 자유들아 훨훨 날아가거라

기름판에 겉도는 물방울처럼

뱀처럼 유연하게 몸을 움직이는 버스는
오늘도 어김없이 예정된 코스대로 춤추고 있다
42번 버스를 타고 도는 파리엔
짙게 연륜 새겨진 돌벽 같은 무심함과
영사기 돌듯 닿을 수 없는 화면들이 아른거린다
오르는 기온만큼 늘어가는 사람들 행렬
비둘기 떼처럼 이리저리 몰려다니며 소음을 남긴 오후
차창 밖으로 보이는 에펠은 유난히 마르고 지쳐 있었다

음울함이 햇살을 삼켜버린 도시
감성은 이미 길거리에 내동댕이쳐진 채 서성거리고
살아남기 위해 허우적대던 빈 몸
너덜거리던 심장은 아랑곳없이
장엄한 유산으로 가득 찬 파리
하지만 가슴속엔 기름판에 겉도는 물방울 같은 이방인들과
마음을 여민 채 소 닭 보듯 하는 알량한 주인들의
흐린 눈빛들만이 떠 있을 뿐, 차갑게 떠다닐 뿐

환각의 꿈

어둔 밤이 검은 너울 나부끼며
시간의 흐름만큼 짙게 화장하고
사위스런 몸짓으로 흐느적거리며
망루에서 세상 내려다보는 동안

라 투르 에펠은 온 밤 지새운다
그녀의 거대한 몸을 쉴새없이
관통하는 승강기는 아무 말 없이
수많은 관광객들을 쏟아부을 뿐

차디찬 황금빛 향 온몸에 뿌린
에펠 탑은 연푸른 새벽 기다리며
그녀 향해 마음 여는 세느 강에
속내 풀고 더워진 여윈 몸 적신다

벽
—룩셈브루크의 성벽

성벽이 있다
허물어진 세월을 보듬은 채 비릿한 바람이 뿌린
거뭇한 그을음 삼키며 스러져가는 벽이 서 있다

한 시절 자르르 기름진 풍요 베물던 잇속들
삼백여 년 제자리에 앉아 세상사 되새김질하다가
이제는 흉물스레 움푹 파인 그루터기처럼 곰삭아 있다

긴밤을 새우며 돌을 쌓던 사람들
덧없는 욕망의 꽃불 피우던 사람들
어느 길로 흩어져 우주 속으로 사라졌는가

그날의 이야기 스러졌어도 편월에 달 차오르듯
사윈 자리엔 들꿈 같은 풋풋한 사람의 마을 생겨나고
골무 속 여린 살내음 퍼져오를 즈음 다시 높아가는 담
벼락

긴 세월 광기 어린 해풍의 손길에 부대껴 비스듬히 누운
늙은 해송 같은 벽이 빈 마음으로 세상 보고 있는 동안
돌벽 켜켜로 스민 기운이 벽을 차고 허공으로 치솟는다

* 성벽 이름이 당 크뢰즈(dent creuse)로, 번역하면 '움푹 파인 어금니'이다.

여름비 내린 오후

— 베르뇌이 기차역에서

성미 급한 소나기
워르르 법석을 떨며
한차례 몰려간 후

말개진 하늘에
순한 구름 두어 쌍
도란도란 속삭이고

들판은 온통 물구슬
동그란 구슬 안엔 풀이
세상이 우주가 구르지

들판 가 억새풀에 포개진 빗방울
햇살 받아 무지개로 피어오르고
허리 휜 억새풀 환하게 웃는 풍경

저녁 바다
—노르망디에서

밀짚빛 모래 위에
빈 속 드러내고 누워 있는 긴 맛
바다 맴도는 새떼 바라보는 빈 마음

일렁이던 물살에
축축하던 단애의 수분도
메마른 대기 속에 묻혀 날아간 해거름

찬 낮을 삼킨 시간
겨울 바다 살 속으로 취해갈 즈음

아이들 놀다 버린 모래성
사이사이로 반짝이던 유리모래
저녁놀 흠뻑 받아 빛으로 퍼져가는 바다

고도

— 벨기에 브뤼헤의 한나절

북적임 사라진 천년 고도(古都)는 창연하고
촘촘히 박힌 돌이 원을 그려놓은 길 위엔
사람들 방금 흘린 말간 웃음이 구른다

웃음소리 한차례 지나간 뒤 오는 마차는
동화 속 알토란 같은 호박이 변한 건 아닌 게지

두 눈 옆으로 챙을 달고 힘겹게 수레를 끄는 말
물 먹은 솜마냥 무거운 손님 네다섯을 태우고
걷는 말의 눈엔 지루한 돌길만이 이어지겠지

또각또각 말굽 소리 골목골목 퍼져나갈 즈음
팔백여 년 고즈넉이 서 있는 키 큰 종루의 울림
마음속 빗살에 푸릇한 넝쿨로 피어오르고

햇살 잦아든 삼월은 아직도 싸늘한데
고도의 혈관처럼 흐르는 운하에 백조들 노닐어 따사롭다

푸른 물빛 닮은 하늘 하루를 마무리하는 시간
들판마냥 펼쳐진 풀밭 저편 연륜 짙은 풍차가
천년의 몽상 속에 심연의 노를 젓는 저녁나절

어스레한 기운 물살처럼 번져오르는 고도에
한 점으로 아른대다 꿈길로 접어드는 나그네

공존은 빛난다
— 중세 마을 트르와에서

늦여름 바람기 일어 쉼없이 달려 찾은 곳 수확 끝낸 밀밭엔
둥글게 말아놓은 밀짚단들 마실 나온 뭉게구름과 이야기
하고
군데군데 쭉정이를 태운 들불향이 막혀 있던 오감 뚫어줄 때
들판에 피어오른 연기는 현란한 홀로그램 되어 아른거렸다

트르와에 닿기 전까지 그 이름을 본 적도 들은 적도 없었
지만
마을 입구 가득히 사람의 향기와 풀내음 풍겨 낯설지 않
았다
중세의 흔적은 회색 종이연처럼 하늘을 날고 검푸른 이끼와
바람때 얼룩진 성당들은 굴곡 있는 세월의 흐름 묵묵히 품고
허물어진 꼴롱바주 집에 파인 총알 자국과 회반죽 일렬로 선
나무판들은 삭고 금간 채 태양 아래 부끄러운 듯 서 있었다
골목에 늘어선 골동품점과 기념품 가게에서 환하게 미소
짓는
고수머리 부처와 까까머리 동자상들 화려한 상품에 가린 채

쓸쓸해 보였지만 이국의 땅 프랑스 작은 마을 후미진 골목에
  앉아 있는 그 모습 고향의 이웃처럼 다가와 향수를 일깨
웠다
  노천카페엔 사람들 술렁이고 광장에 줄지어 있는 장갑차
마다
  성조기가 펄럭였지 패턴 장군은 알려지지 않은 이 고도까지
  그 이름 새기고 자존심 강한 프랑스인 애써 독일의 점령과
  연합군을 외면하려 하지만 2차대전은 꿈 아닌 현실이었지

  사람에 의해 만들어져 파괴되고 사람에 의해 다시 살아
난 마을
  트르와엔 삼색기와 성조기가 춤추고 고색창연한 교회와
미소짓는
  부처가 오묘한 조화 이루며 고요히 맴돌고 평화는 플라
타너스
  이파리에 비친 수정 햇살처럼 사람들 가슴속으로 날아가
담긴다

고인돌
— 대서양 인근 메넥의 거석을 보고 오는 길에 만난

녹푸른 들판을 눈으로 스케치하며
구릉을 지날 때 낯설지 않은 풍경 하나
살그머니 다가가니 투박한 바위가 앉아 있다

인사를 나눈 뒤 찬찬히 훑어보니
그리 맵씨는 없어도 끈기와 심지 하난 타고난 듯
나이를 물으니 하도 오랜 세월이 흘러 어렴풋한데
한 이천 년은 넘지 않았겠느냐 외려 반문하며 빙긋 웃
는다

이 외딴 곳에서 외롭진 않냐고 물어도 빙그레 웃기만,
거북이 등짝마냥 단단한 몸체에도
세월의 낙관이 군데군데 찍혀 있어
마음 고생도 했음직한데 그 양반 속도 좋지 웃기는

그래 이천 년을 무슨 낙으로 살았느냐 물으니 멋적게
싱긋이 웃더니 하늘 보고 별 보고 바람도 맞고 비도 맞고

계절이 머물렀다 가는 모습들 보노라면 낙이 따로 있겠소
잠시 명상에 잠길 테니 살펴나 가시오 인사하곤 눈을
감는다

아마도 성가스러웠던 게지 무뚝뚝하기가 돌 같군
머쓱해지면서도 진득한 그 모습에
뒤 한번 돌아보고 인연도장 마음에 깊이 새긴다

바다 건너 삼산면 낙가산에는

—강화도 보문사 가는 길

새벽녘 치솟듯 터오르는
벌건 불덩이를 머리에 이고
강화도 외포리 선창에서 배에 오른다

황록빛 감도는 짙푸른 서해바다 건널 때
배 주위에 뭉글뭉글 이는 흰 수포는
용궁의 굴뚝에서 피는 연기라던가
바다신을 달래기 위해 조밥을 던지는 마음들
산산이 퍼지면 해풍에 깃털 날리며
뱃길 덮는 갈매기 떼 한바탕 깔깔대곤 잔치 벌인다

삼산면 보문사엔 그 옛날 착한 어부가 건졌다는
스물세 분 돌부처가 영험한 신통력 발한다는데
굴법당에 모셔진 그 모습 인간을 닮아 더욱 살가운 느낌

한여름에도 시린 약수 한 모금에 목을 축이고
숨이 턱에 닿을 듯한 가파른 천 계단 길을 오르면

눈썹바위 자락에 귓불 탐스러운 마애석불전 미풍 감미
롭고
  수백여 년 전 신심 도타운 석공의 무아지경 느껴져 가
슴에 풍경 울린다

  낙가산 기슭에 소리없이 뿌리내린 풀잎들도
  콩알만한 열매 맺힌 키 작은 교목들과 아름드리 은행나
무 그리고
  땅을 기는 벌레들까지 어느 것 하나 영겁의 인연 아닌
것 없구나

  햇살이 낙가산 산허리로 파고들 무렵
  번뇌 사르던 향내와 목탁 소리 잠시 잦아든 사이
  허연 김 모락모락 오르는 공양간 어귀엔 석불만큼 이름난
  구수한 시래깃국 허기진 중생의 쓰린 윗속 달래주고

  하늘과 바다와 하얀 소금밭 더불어 사람들을

한 몸에 품고 있는 눈썹바위 석불의 푸근한 미소가
신전에서 걸어나와 지친 마음들 다독거린다

길

내 유년
기억의 푸른 뜰에 깊게 뿌리내린 나무
그 가지가지마다 색색의 실을 감고 잠들어버린
누에가 이따금씩 품고 있던 실을 자아내는 시간에

찾아나서는 길
그 길은 흑백으로 이어진 칠십년대 광화문 네거리
철갑옷에 긴 칼 옆에 찬 이순신 장군 우뚝 선 길 지나
신문로길 오르면 마당 넓은 집
살구빛 나무 대문 안에는 여전히 노래하는 아이가 있다

광화문은 아이의 고치
올망졸망 장 서듯 문을 연 가게들 아이가 늘 눈감고
지나다니던 광화문 접골원 진열대의 의수와 의족들
찬바람 불 때쯤 모락모락 김 올리던 길가 무쇠솥 뚜껑

톡톡 튀던 군밤 모두가 아이의 꿈속에 살아 꿈틀댄다

덕수궁 정동 적선동 효자동 통인동 경복궁 학교 앞까지
단발머리 도마핀 풀 먹인 교복 카라 여름 흰빛 운동화
가슴팍 백선 허리띠 달린 교복 교표 한겨울 검정 스타킹
모자 눌러쓴 채 해맑은 얼굴로 스쳐가던 남학생 눈빛들이
골목 골목 그 돌길과 아스팔트 길 위에 꽃분처럼 묻어
난다

연필로 스케치한 그림에 색칠하듯 변해가는 광화문 거리

어느 정치가의 죽음에 단체로 향 사르던 꽃다운 학생들
콧등 시린 겨울아침 탱크 바퀴 일렬로 서 마음 얼던 날
피어날 듯 움찔대다 멈춰버린 경복궁 구벽토에 어린 꿈
구겨져 던져진 종이처럼 칠십년대 팔십년대는 사라지고
이천년대를 살 말끔한 고층빌딩 버티고 선 아찔한 도시

아 그립다

광화문 연가

옛사랑 된 첫사랑의 숨결 밴 그 거리에서

노랫말 같은 가슴 아린 기억의 향연 더듬는 시간

푸른 뜰 나무 위 고치 안에서 비상을 꿈꾸던 누에 한 마리

오색영롱한 무지갯빛 나비로 치솟아 광화문 빈 하늘가

맴돈다

팡테옹*

잎을 잃은 일월 석탄빛 나무가 가시 같은 빈 가지 사이 사이
시린 하늘 잘근잘근 조각내 찬 돌길에 뿌리는 어스름 저녁
회색지붕 위를 몇 시간째 자박자박 걷고 있는 주황빛 굴뚝엔
외롭게 죽어가는 빈자의 마른기침 같은 연기 하늘로 오르고
감색 띤 잿빛 철제틀로 장식된 유리 가로등 안 달빛 전등이
얼어붙은 파리 향해 히죽히죽 웃음 흘려 더 창백한 팡테옹
앞길엔 말들이 떠다닌다 뿌연 눈동자가 구른다 날아다닌다
살아서 찢기우고 아팠던 위대한 문호들 산책 나오는 시간엔
세느 강도 그들과 지나온 시간 속을 헤메는지 물결 일렁인다

* 1. 고대 그리스 로마의 만신전.
  2. 위인들의 합사묘.
  3. 파리 수풀로 가에 있는 프랑스 위인들의 묘가 있는 곳.

에필로그

태양이 빛을 뿜기 시작할 때
세상은 정제된 유리로 변해갔다
유리나무 일렬로 늘어선 그 길
태양의 빛은 반사되어
그의 눈엔 온통 눈부신 스펙트럼
두 눈에 채 담을 수 없는 불꽃 축제
지상과 우주 가득 타오르고
태양이 빛을 거둘 즈음
세상의 현란함은 검은 연기 되고
불꽃에 제 몸 사르던 그는
잿빛으로 변하다 이내 은빛 가루로
조금씩 바람에 흩어질 뿐이었다
그렇게 은빛 되어 바람에 날리다
투명한 공기 속으로 날아오를 뿐이었다

불면의 은혜

김주연(문학평론가)

　잠이 안 오면 졸음에라도 빠지고 싶어했던 이가 횔덜린
이었던가. 졸음을 통해서나마 저 그리스의 파르나소스 산
에 오르고자 했던 횔덜린. 그는 그러나 시의 저 높은 산정
대신 답답한 탑에 갇혀 수십 년 동안 몽유의 아픔을 겪다
가 가야 했다. '엔디미온의 잠'이라는 낯설고 현학적인 유
혹의 낱말로 시를 시작하는 강문정은 그렇다면 어디로 가
고 싶은 것일까. 나에게 다가온 이 미지의 시인은 우선 이
같은 이방의 호기심으로 뿌옇게 맴돈다. 이제는 우리 시에
서 더이상 빈번하게 사용되지 않아도 좋을 이 희랍신화의
용어들, 그 안개를 헤치고 들어가보자.

　하늘 키 자라 더욱 푸르러지고

바람 켜켜로 시린 기운 가득
노을빛 닮은 가을 실그물 펼쳐
세상은 바다 비로 옅게 젖는데

시름 푼 녹녹한 가을 저녁
내 잠은 그리움만큼 길어지고
내 잠은 달빛만큼 깊어지리니
그대 해진 신 벗고 쉴 수 있길

내 꿈속 그대 쉴 작은 집 짓노니
그리운 사람 살며시 그 문 열고
내 잠 속으로 어서 와 누우시기를
영원의 꿈에 잠긴 엔디미온처럼
　　　　　　　—「엔디미온의 잠 속으로」 중에서

　엔디미온은 달의 여신으로부터 사랑을 받은 청년으로서
제우스에게 영원의 잠에 들고 싶다고 청했다는 희랍신화
가 전해오는 터. 요컨대 잠의 신인 셈인데, 그 까닭은 아마
도 사랑 때문이 아니었을까. 아닌게 아니라 이 시에서도
그리운 사람 살며시 들어와 시인의 잠 속에 함께 누웠으면
좋겠다고 진술된다. 말하자면 잠은 사랑으로의 길이며, 그

리움의 기표다. 과연 '잠'은 강문정의 시 곳곳을 마치 소리 없이 퍼지는 는개처럼 지배한다.

창 밖에서 <u>잠의</u> 요정 잠시 서성이는 동안
스멀스멀 방 안으로 스며들어와 내 몸을 핥는 가위
— 「수면 속 불면」 중에서

우주를 돌다 새벽마다
창 밖에서 지저귀는 새
아직
호두알 속 어둠에 잠긴
내 <u>잠든</u> 귀를 두드리는
— 「우주새」 중에서

들이며 산이며 안개기둥처럼 부옇게 솟아올라
<u>잠</u>에서 깨지 않은 채 서로 엉켜 하나가 된 시간
— 「꿈」 중에서

웃고 말았지 하얀 <u>잠</u>에 잠겨 있는 아침에
우산 들고 헤매다 말간 하늘에 들켜버려서
— 「웃은 이유」 중에서 (이상 밑줄은 인용자)

생각보다는 그리 많지 않지만, 상당한 변화를 보이는 후반부를 포함하여 시의 모티프가 되고 있는 것만은 분명하다. 먼저 「엔디미온의 잠 속으로」의 경우, 잠은 사랑의 지속이다. 잠은 깨기 마련일 터인데, 왜 엔디미온이겠는가. 영원히 자고 싶기 때문이다.

> 겨울 봄 여름 그리고 가을 내내
> 여린 꿈 꾸는 내 곁에 머무시기를
> 그리움도 반딧불 그늘에 잠들기를
> 그 잠 속에 녹아 녹아 깨지 말기를

이렇게 끝나는 「엔디미온의 잠 속으로」에서 주목될 점은 이 시인의 세계관이다. 아니 세계관이라고 부르기에는 좀 거창하다. 그냥 시인의 눈에 비치고, 가슴에 느껴지는 세상의 모습이라고 하자. 그 세상은 대체로 '옅게 젖어' 있다. 이 시에서는 "바다 비로 옅게 젖는데"로 적혀 있지만, 많은 다른 시들에서 그 '젖음'은 변주된다. 세상은 히드라의 촉수를 드리우고 깨어나며(「양철 가슴」) 검초록 세상은 해죽해죽 웃으며 기괴한 모습을 드러낸다(「덫」). 그런가 하면 세상은 밤바다에 침몰하는 타이타닉처럼 한껏

웅성거리기도 하며(「싸락눈 흩날리는 밤」) 진흙탕 세상 밖
에서 흔들리는 유리인형으로 들어가고자 하지만 문은 열
리지 않는다(「수면 속 불면」). 이런 모습들은 모두 건조하
지도, 완전한 물 속도 아닌, '옅은 젖음'이라는 촉촉한 상
황의 다른 표현들이다. 세상은 깨어나도 흐늘거리는 촉수
와 더불어 눈을 뜨고, 웃어도 호쾌하거나 제대로 열린 입
을 갖지 않는다. "해죽해죽" "웅성거림"으로 존재하는 세
상. 그 세상은 존재와 부재 사이에 있다. 자연히 시인에게
세상의 모습은 몽롱할 수밖에 없다. 훑거나 핥거나 더듬기
일쑤인 동작들은, 존재도 부재도 아닌 세상을 향한 움직임
의 불가피한 형태일 수밖에 없는 것도 마찬가지 측면에서
이해된다. 자 보자.

　　창 밖에서 잠의 요정 잠시 서성이는 동안
　　스멀스멀 방 안으로 스며들어와 내 몸을 핥는 가위

　　처음엔 머뭇머뭇거리다가 이내
　　늘 함께했던 연인처럼 날 탐닉한다.

　　부드러운 눈발처럼 살포시 내려앉아
　　끈적거리는 혀로 혈관이며 신경까지 그렇게

냉동 물고기마냥 미끄럽고 차가운 감촉

　　메마른 들판을 훑어내는 거친 바람의 몸짓

　「수면 속 불면」 전반부인데, '옅은 젖음'의 상황이 훨씬
쉽게, 그리고 무엇보다 동작의 형태로 잘 표현된 작품이
다. 시인은 그토록 갈망하는 잠이 창 밖에서 서성이는 것
을 본다. 잠은 지척에 와 있는 구체적인 현실인 것이다. 그
런데 그만 그 잠이 "서성이는 동안", 가위가 방 안으로 "스
며들어" 몸을 훑고 연인처럼 시인의 몸을 "탐닉한다". 그
가위는 눈발처럼 부드럽게 살포시 "내려앉는"다고 묘사됨
으로써 마치 시인에 의해 환영되고 있는 긍정적 표상처럼
부각되고 있지만 그것은 잠 아닌 가위, 다시 말해서 그리
운 잠을 방해하는 불청객의 무례한 동작, 즉 불면의 엄습
이다. 그리하여 결국 밤은 숙면과 더불어 편안하게 지나가
지 않고 "핏빛 울음만 웅웅거리는" 시간이 된다. 왜 그럴
까. 잠은 창 밖에서 서성이는데, 불면은 방 안으로 스며들
어와 시인의 몸을 점령하기 때문이다. 문제는 결국 방의
안과 밖을 갈라놓고 있는 창, 혹은 문 때문일까. 그렇기도
하다. 그러나 더 큰 문제가 있다면, 불면의 고통 속에서도
불면 자체를 즐기는 또하나의 나, 즉 숨겨진 무의식이 있

기 때문이다. 그 무의식은 물론 시인의 의도와는 무관하게, 또는 시인의 의도에 반하여 형성된다. "강한 전류에 감전되듯 몇 번이고 진저리쳐지는 몸"(「수면 속 불면」)이 말해주듯 시인은 불면에 몸서리친다. 그러나 다른 한편 그는 그 시간을 아무도 닿을 수 없는 시원(始原)의 공간을 떠도는 긴 밤이라고 의미 붙인다. 아무도 닿을 수 없는 시간, 또는 공간이 그에게는 소중한 것이다. 결국 "그녀"가 된 시인은 온 밤 지새우는 에펠 탑이 된다. 에펠은 강문정의 시들을 묶는 시적 자아에 다름아니다.

어둔 밤이 검은 너울 나부끼며
시간의 흐름만큼 짙게 화장하고
사위스런 몸짓으로 흐느적거리며
망루에서 세상 내려다보는 동안

라 투르 에펠은 온 밤 지새운다
그녀의 거대한 몸을 쉴새없이
관통하는 승강기는 아무 말 없이
수많은 관광객들을 쏟아부을 뿐

차디찬 황금빛 향 온몸에 뿌린

에펠 탑은 연푸른 새벽 기다리며

그녀 향해 마음 여는 세느 강에

속내 풀고 더워진 여윈 몸 적신다

—「환각의 꿈」전문

    어둔 밤 속의 에펠 탑은 망루에서 세상을 내려다보며 수많은 관광객들을 끊임없이 쏟아부을 뿐이지만, 그 외관은 짙은 화장, 황금빛 향이 온몸에 뿌려져 있다. 온 밤을 지새운 불면 이후 세느 강은 그녀를 향해 마음을 열고 있다. 이와 같은 안티노미의 분열을 보여주는 절묘한 표현이 "더워진 여윈 몸"이다. 에펠을 향한 그 묘사는 바로 시인 자신의 모습 아니겠는가. 한편으로 뜨겁고, 한편으로는 야윈. 얼핏 이해되기에 양자는 모순되지만 사실 두 상황이 함께 간다는 사실은 일상인의 모든 경험 속에서도 확인되는 평범한 생리일 수 있다. 한쪽이 포기되지 않는 한, 이 두 모습은 갈라질 수 없으며, 이 상황에서 바로 횔덜린적 시인이 탄생한다.

    아, 이제 알겠구나. 이 시인이 왜 그토록 잠에 집착하는지. 게다가 낡은 희랍의 망령들을 자꾸 끄집어내는지를. 잠은 희랍이며, 그 희랍은 유리창 속의 세상 아니었던가.

역동적인 현실 한복판을 그리워하면서도 거기에 이를 수 없는 자신의 한계, 그 체질과 현실로 인해 시인은 잠 속에서 희랍으로 날아간다. 그러나 그것은 결국 유리벽과 같은 것. 보이지만 넘을 수 없는 안타까움만이 확인될 뿐이다. 역설적이지만, 불면은 잠으로 가고자 하는 의욕의 산물이다. 잠으로의 집착이 없으면 불면도 없다. 불면 앞에서 세상으로의 모든 길은 유리벽처럼 막혀 있어서 보이긴 보이지만 갈 수가 없다. 그것은 말하자면 세상으로 나가기 싫어하는 폐쇄적 시인의식의 은밀한 노출일 수 있다. 세상은 타자이며, 시인은 그로부터 상처를 받을 뿐이라는 일종의 전의식(前意識)이 그 유리벽의 열쇠를 쥐고 있는 것이다. 결국 시인은 "무중력 공간을 떠도는 빈 혼"으로서 자기 스스로와 조우하기 일쑤다.

날마다 가시가 박힌다
크고 작은 가시가 몸 속 깊이
뿌리내린다
날마다 가시 박힌 상처에
흰 꽃 피고
해진 육신에 머물던
작은 혼이 일어난다

오로라 퍼지는 새벽

바다같이 깊디깊은

무중력 공간을 떠도는 빈 혼

— 「선인장」 전문

　물론 무중력 공간이 수면과 불면, 의욕／무의식, 또는
유리벽의 안팎 사이에서 조성된 무정형의 시간·공간일
수 있다. 그러나 그것은 파리에 거주하고 있는 이 시인의
현실적 방황과도 무관하지 않아 보인다. 소유가 의식의 결
정에 있어서 반드시 결정적이지는 않지만, 시인의식에서
거주지가 매우 결정적이라는 사실은 거의 모든 시인들에
게서 확인되고 있는 현실 아닌가. 가령 파리와 보들레르,
베를린과 벤을 떼어놓고 생각할 수 있겠는가. 그런 의미에
서 무중력 공간을 적극적, 긍정적으로 수용하고 있는 시인
의 자세는 일단 바람직스럽다. 이같은 태도가 그리하여 아
마도 그의 작품들 가운데에서 가장 아름다운 시 「우주새」
를 낳았다는 사실은 주목될 만하다.

　우주를 돌다 새벽마다

　창 밖에서 지저귀는 새

　아직

호두알 속 어둠에 잠긴
내 잠든 귀를 두드리는

이승과 저승을 잇는 새
호두알처럼 단단한 정적
쪼아
내 닫힌 마음 열게 하는
은방울꽃 닮았을 그 새는

우주, 깊은 산 속 숨었는가
눈뜬 시간엔 들리지 않는
소리
맑은 새 투명한 빛으로
내 방 가득 향을 사르는

—「우주새」중에서

　이 시에는 무엇보다 시적 자아의 진솔한 고백이 있다. 내 귀가 아직 잠들었다거나, 내 마음이 닫혀 있다는 진술은 고백적이다. 그렇다면 잠든 귀를 두드리고 닫힌 마음 열게 하는 새의 등장은 시적 사물로서 매우 고무적이다. 이승과 저승을 그 새가 잇는다고 했는데 여기서 이승과 저

승은 닫힌 마음/열린 마음으로 보아서 무방하리라. 인용되지 않은 작품 후반부를 포함하여 '호두알'이라는 낱말이 세 번씩이나 나오는 등 어색함이 엿보이는 것도 사실이지만 '무중력 공간'→'우주새'로의 이동과 탄생은 무의식과 불면의 시인이 정적 정체성에 안주하지 않고 일어서려는 역동적인 상상력을 감지시키기에 충분하다. "내 꿈에 날아든 우주새"(「우주새」)가 이제 현실 곳곳에서 그 부드러운 위력을 발휘하기를 기대한다.

우리 인간들은 무수한 관계들 속에서 살아간다. 그러나 크게 나누어보면 그 관계들은 대체로 세 가지의 틀 속에서 이루어진다. 첫째로 그것은 창조주와의 관계 — 영적인 분야라고 할 수 있을 것이다. 다음으로는 자연과의 관계를 들 수 있겠는데, 이것은 물적인 부분일 것이다. 끝으로 인간과 인간 사이의 관계, 즉 공동체 내지 사회적 영역이라고 할 수 있다. 이 모든 관계들이 순조롭게, 질서 있게 화평을 누리는 자들에게 문학은 더이상 필요 없을지도 모른다. 영육이 아울러 건강한 자에게 무슨 시가 요구되랴. 어떤 종교적 갈증이 솟겠는가. 시의 세계도 근본적으로는 이들 관계의 불화 속에서 태어난다. 말하자면 갈등과 은혜의 공존은 시의 가장 기묘한 서식처인 셈이다. 내가 보기에 강문정 시인에게는 이제 이러한 인식이 필요해 보인다. 갈등은 우리 모두에게 찾아드는 고독과 무기력, 그리고 욕망이다. 그러나 그것들 없이 인간의 실존이 가능할 것인가. 은혜란 그것들의 부재와 제거 위에 내리는 요술 천사 아닌, "꿈에 날아든 우주새"와도 같은 시, 그 정화의 능력이다. 우주새의 등에 업혀 순간순간 현실 초월을 경험하는 감사의 마음이 그 은혜일 것이다.

날마다 꿈을 꾼다. 현실이 힘들수록 꿈은 길어진다. 고대 신화의 잘생긴 청년 엔디미온도 영원의 잠에 잠긴 채 꿈을 꾸고 싶다는 소원을 제우스에게 간청했으니, 어느 시대에 살건 현실은 늘 고통을 동반하는 것인 듯하다. 그렇기에 시인이나 소설가뿐 아니라 많은 화가와 음악가 들이 현실에서 벗어나 보다 자유롭고, 포용력 있는 꿈이라는 세계를 통해 자신 안에 있는 예술에 대한 열정을 드러낸 것일 테고, 나 역시도 예외는 아니다.

그러나 시인은 현실을 외면해서는 안 되기에 꿈에서 깨어나 이 세계에 머물러야 한다. 내가 꿈을 꾸는 그 순간에도 이 세상 어딘가에서 고통받고, 괴로워하며 죽어가는 사

람들과 동물들, 생명을 가진 모든 것들에 대한 생각으로
인해 나는 깊이 잠들 수 없기 때문이다.

　나는 따뜻하고 좋은 사람들로 가득 찬 세상이 오기를
바라며 시를 쓴다. 자신을 드러내기에 급급한 세상에서 소
외되고, 억압받는 사람들과 생명 있는 것들을 지켜보며 글
을 쓴다. 아울러 내가 속해 있는 곳, 나와 연결되어 있는
모든 것들에 대해 표현하고 싶다. 그래서 내 시들은 한 행
한 행 내 기억들과 내가 보고 느끼는 사실에 대해 조심스
럽게 풀어놓고, 정성스럽게 다듬은 마음의 결정체라고 감
히 고백하고 싶다. 나는 내 글이 유행을 따라 겉도는 언어
의 유희가 아닌 것, 사치스럽지 않은 것, 비록 투박할지라
도 진실을 말하는 것이기를 바란다. 비록 꿈 같은 바람을
갖고 있다고 비난하는 사람이 있다 해도 나는 내 시를 보
시는 분들에게 내 마음의 일부분이라도 전달되어, 서로 감
싸주고, 관심을 가져주는 사랑 흐르는 세상이 되기를 간절
히 꿈꾼다.

　"문학이란 가장 소박하고 유약한 영혼들조차 맞아들이
는 터전, 행복한 아나키즘이 펼쳐질 수 있는 특권적 터전이
며, 문학은 현대의 과학기술시대에서 인간이 인간으로 머

무르려는 항거의 한 모습"이라 하신 불문학자 정명환 선생
님의 고견을 가슴에 새기며, 결코 순탄치 않은 우리의 현실
속에서 나는 시를 쓸 것이다. 그러다가 언젠가 따뜻하고, 평
화로운 세상이 오는 날엔, 내가 그토록 원하던 신비로운 자
연을 노래하며 엔디미온의 깊은 잠 속으로 빠져들 것이다.

양철 가슴

ⓒ 강문정 2005

1판	1쇄	2005년 3월 29일
1판	2쇄	2005년 5월 9일

지 은 이	강문정
펴 낸 이	강병선
책 임 편 집	조연주 김송은
펴 낸 곳	(주)문학동네
출 판 등 록	1993년 10월 22일 제406-2003-000045호

주 소	413-756 경기도 파주시 교하읍 문발리 파주출판도시 513-8
전 자 우 편	editor@munhak.com
전 화 번 호	031) 955-8888
팩 스	031) 955-8855

ISBN   89-8281-960-6   02810

www.munhak.com

문학동네 시집